Para mi maestro y amigo,
Mauro Mariano

—R. A.

Puedes consultar nuestro catálogo
en www.picarona.net

COMO UNA ESTRELLA FUGAZ
Texto e ilustraciones: *Rino Alaimo*

1.ª edición: mayo de 2018

Título original: *Like a Shooting Star*

Traducción: *David Aliaga*
Maquetación: *Isabel Estrada*
Corrección: *Sara Moreno*

© 2017, Rino Alaimo
Original en lengua inglesa publicado por Familius Pub.,
1254 Commerce Way, Sanger, CA 93657, EE. UU.
(Reservados todos los derechos)

© 2018, Ediciones Obelisco, S. L.
www.edicionesobelisco.com
(Reservados los derechos para la lengua española)

Edita: Picarona, sello infantil de Ediciones Obelisco, S. L.
Collita, 23-25. Pol. Ind. Molí de la Bastida
08191 Rubí - Barcelona - España
Tel. 93 309 85 25 - Fax 93 309 85 23
E-mail: picarona@picarona.net

ISBN: 978-84-9145-172-3
Depósito Legal: B-6.814-2018

Printed in Spain

Impreso en SAGRAFIC
Passatge Carsí, 6
08025 - Barcelona

Rino Alaimo

Como una estrella fugaz

Picarona

La guerra acababa de terminar.

Durante las noches, que el miedo había llenado de silencio,
volvía a crepitar la esperanza de que los soldados que habían sido
enviados a luchar a tierras lejanas regresasen a casa para abrazar
a sus seres queridos.

Durante aquellas noches de rezos y espera, la mayoría de los niños se acurrucaban en sus camas para soñar con sus valientes padres y madres. Pero había un niño, sólo uno, que en lugar de eso permanecía sentado en la calle. Durante toda la noche, el pequeño sostenía una fotografía de su padre y miraba al cielo esperando que cruzase una estrella fugaz.

Si cayese una estrella… Podría pedir un deseo y su padre regresaría sano y salvo.

uy cerca del lugar en el que el niño pasaba sus noches en vela, había un bosquecillo repleto de luciérnagas. Cada noche, danzaban en el cálido viento y revoloteaban bajo las estrellas.

Pero la más pequeña de ellas no podía volar. Una y otra vez saltaba, y una y otra vez caía al suelo. El resto de las luciérnagas la señalaban y se burlaban de ella.

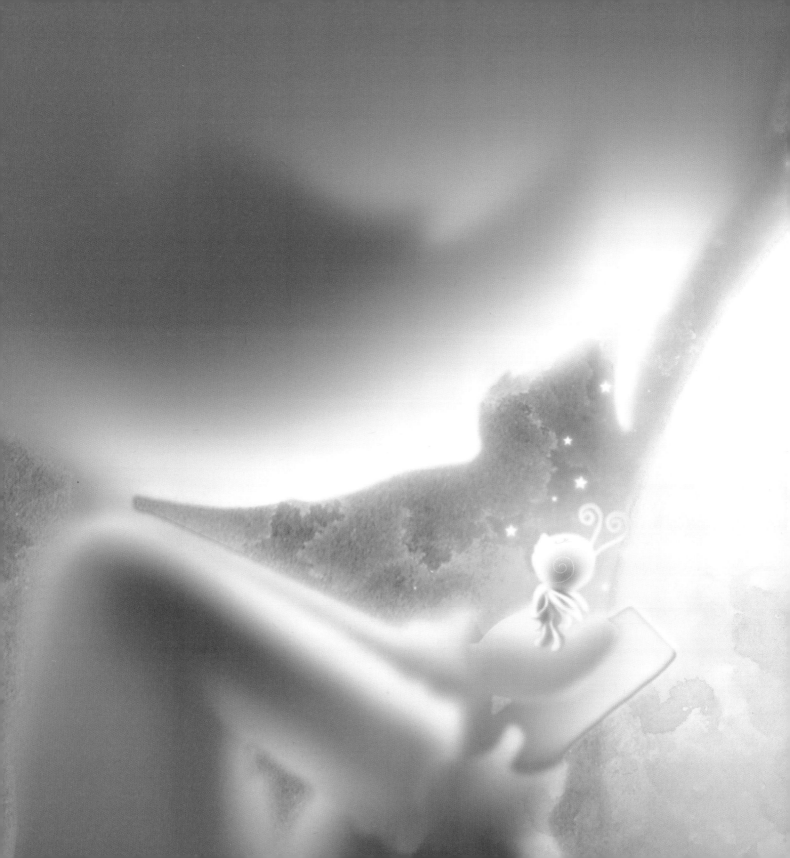

Una noche, la Luciérnaga dio un salto enorme y se propulsó arriba y arriba y arriba hacia el cielo. Pero en lugar de caer en su bosquecillo, cayó lejos, justo sobre las manos del niño.

—Oh, luz del cielo —dijo el pequeño—. Debes de ser una estrella. He esperado durante muchas noches para poder pedirte un deseo. Por favor, ¿podrías traer a mi padre de vuelta de la guerra?

Y le enseñó a la Luciérnaga la fotografía de su padre.

La súplica del niño conmovió a la Luciérnaga. Por primera vez, se sintió segura de sí misma.

—No puedo volar —le susurró—, pero te prometo que traeré a tu padre de vuelta a casa.

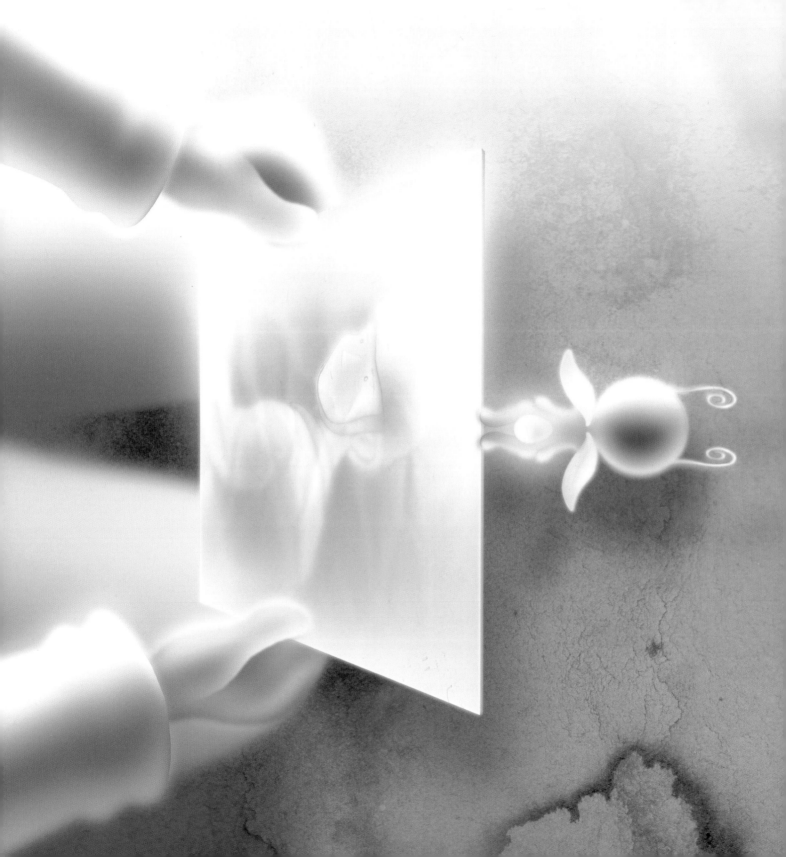

La luciérnaga observó la fotografía del padre del chico
y estudió cuidadosamente su rostro. Luego, como si fuese
un guijarro plano, cruzó el arroyo rebotando sobre el agua
y desapareció en la noche.

En primer lugar, trató de encontrar
al padre del pequeño por tierra,
buscando en todos los trenes que
llevaban soldados de vuelta a casa.

Pero no lo encontró.

Trató de encontrarlo entre las olas del mar,
buscando en todos los barcos que llevaban
soldados de vuelta a casa.

Pero no lo encontró.

Trató de encontrarlo en lo alto del cielo, agarrada al ala
de un avión, escrutando los rostros de los soldados
que viajaban en él.

Pero allí tampoco lo encontró.

La Luciérnaga buscó por todas partes.

Pronto, llegó a un lugar que era muy
distinto a su cálido bosquecillo bajo
las delicadas estrellas. La tierra estaba
congelada, blanca, y el paisaje relucía
bajo la fría luz de una luna cristalina.

Cerca, escondido bajo un mar de blancura, había un soldado, solo y cansado.
Se había extraviado en la nieve y había perdido la pista de su compañía.

Pero justo cuando su esperanza se desvanecía, una pequeña chispa de luz apareció. El soldado se levantó, esperanzado, mientras la luz avanzaba hacia él dando saltos. Le recordaba a las luciérnagas que había cerca de su hogar. Pero sabía que las luciérnagas no podían vivir en lugares helados. Y, desde luego, no daban saltos… ¿No?

La Luciérnaga observó el rostro del soldado y supo que era
el padre del pequeño.

—¡Te he encontrado! –gritó con su vocecilla–.
Tu hijo deseó que te encontrase y te llevase de vuelta a casa.
¡Y te he encontrado! Vamos, ven conmigo.

El soldado no podía creer lo que escuchaba, pero pensó
en su pequeño, sintió la calidez de su afecto, y una nueva
fuerza lo recorrió desde el casco hasta las botas.

Viajaron durante varios días y varias noches,
a través de las montañas más altas y los mares
más profundos. Sin importar lo cansados que
estuviesen, la Luciérnaga iluminaba al soldado
el camino de regreso.

Pronto, el aire se llenó con un nuevo olor. No se trataba de barro ni de pólvora. Era el perfume de la ropa acabada de lavar, del jabón —el dulce, familiar y maravilloso olor del hogar—, que indicaba que era el momento de quitarse el uniforme de soldado.

El niño vio a su padre cruzar el umbral y saltó a sus brazos.

—¡Sabía que volverías! –gritó feliz–. Le pedí el deseo a una estrella fugaz.

Se abrazaron cariñosamente y se miraron uno a otro durante mucho
mucho rato.

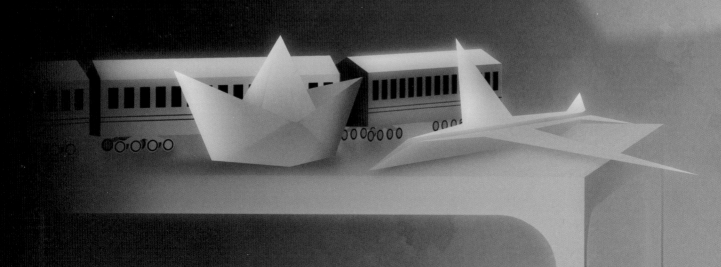

La pequeña Luciérnaga los observaba desde el exterior, a través de la ventana.

La alegría invadió su corazón y sus alas batieron de amor. Iluminó el cielo con su felicidad y así pasó un buen rato hasta que se dio cuenta de algo:

Estaba volando.

Recorta y monta tu luciérnaga.